AGANOS

und das Geheimnis des kleinen Feuers

AGANOS

und das Geheimnis des kleinen Feuers
Band I

Horst Heigl

Birgitt Heigl (Text)
Rebekka Maier (Bilder)
ISBN 978-3-89316-031-0

Einsamer Drache

Es war einmal - und das ist noch gar nicht so lange her - ein kleiner Feuerdrache, der lebte in einer Höhle, mitten im Wald verborgen. Er war dort ganz allein, denn seine Eltern waren kurz nach seiner Geburt gestorben; viel zu früh, um ihm beizubringen, was ein Drache können sollte. So wusste er nicht einmal, wie man spricht. Kaum öffnete er den Mund, um etwas zu sagen, entfuhr ihm eine Feuerflamme. Kam dann einmal ein Reh, ein Hase oder ein anderes liebes Tier vorbei und er wollte ihnen erfreut etwas sagen, so sorgte die Feuerflamme dafür, dass die Tiere erschrocken davonrannten. Inzwischen war die ganze Umgebung der Höhle vom Feuer versengt, kein Strauch wuchs mehr dort.

So kam es, dass der Drache Tag für Tag traurig vor seiner Höhle lag und nicht wusste, was er anfangen sollte; bis an einem sonnigen Frühlingsmorgen ein junges Trollmädchen kam. Das veränderte sein Leben für immer. Trolle sind kleine Naturwesen, ähnlich den Zwergen, und leben im hohen Norden. Das Trollmädchen lugte zwischen einigen Zweigen hervor. Und dann - doch ich erzähle lieber von Anfang an, wie es dazu kam.

Ein Trollmädchen

„Komm zurück, Sanna, wir sind schon viel zu weit von zu Hause entfernt“, rief Mats, doch es schien unmöglich, das junge Trollmädchen zu überzeugen. Sie konnte sich über so viele Dinge freuen, ständig begeisterte sie etwas Neues und so kam es, dass sie immer weiter in unbekanntes Gebiet vordrangen. Mats war etwas älter als Sanna und fühlte sich als ihr Beschützer. Aber wie sollte er dieses wilde Mädchen beschützen, das nicht hören wollte?

Sannas blonde Locken wehten im Wind, als sie von Baumschatten zu Baumschatten hüpfte.

„Sind die kleinen Schatten nicht etwas Wundervolles?“, rief sie zu Mats.

„Was soll an ihnen Wundervolles sein?“, fragte er und bemühte sich in ihrer Nähe zu bleiben.

„Na, sieh doch, sie sehen ganz anders aus als das, was für den Schatten verantwortlich ist. Hier, der Schatten vom Baum ist viel, viel kleiner als der Baum selbst. Ist das nicht ein Wunder?“, meinte sie begeistert.

Doch für Mats war das kein Wunder: „Das liegt daran, dass die Sonne fast genau von oben scheint, wie immer zur Mittagszeit. Und überhaupt, wir sollten nach Hause gehen, es gibt bald Mittagessen.“

„Außerdem“, blieb Sanna beim alten Thema, „kleine Schatten gibt es nur, wenn die Sonne kräftig scheint. Deshalb mag ich sie, denn dann ist herrliches Wetter.“

Damit sprang sie zum nächsten Schatten und lachte vergnügt.

„Jetzt komm zurück“, versuchte es Mats erneut und nun drehte sich Sanna zu ihm um. Aber nur, um noch ein wenig zu verhandeln:

„Ich habe da hinten ein paar große Felsen gesehen, da will ich noch hin. Siehst du sie? Dann drehen wir um, ja?“

Sie hatte so ein liebes, freudiges Lächeln, wie hätte ihr Mats da widersprechen können.

Sanna war ganz anders als er und das lag nicht nur daran, dass sie ein Mädchen war. Sie lebte erst seit Kurzem in seinem Stamm. Als sie mit ihrer Mutter kam, wollte sie zuerst keiner von ihnen aufnehmen. Trolle leben gern unter sich und sein Stamm - die Skogas - machte da keine Ausnahme. Außerdem sahen Sanna und ihre Mutter ganz anders aus - sie hatten blonde Locken und helle Haut, die Skogas waren dagegen alle etwas dunkler und hatten braune Haare. Das passte doch nicht, meinten viele von ihnen. Doch Wompifatz, der schon viel herumgekommen war, sprach mit erhobenem Finger ein Machtwort:

„Sie können bleiben und wir werden sie in

unserer Mitte aufnehmen. So gehört sich das. Stellt euch vor, ihr seid einmal in Not und niemand will euch helfen. Wie wäre das denn?“

Dabei funkelten seine dunklen Augen so überzeugend, wie es nur bei einem Troll möglich ist, und niemand wagte mehr zu widersprechen.

Wompifatz war der Älteste und Klügste im Stamm und der Einzige, der noch einen richtigen alten Trollnamen besaß.

Seither lebten Sanna und ihre Mutter bei den Skogas. Weil jetzt alle etwas gutmachen wollten, half ihnen jeder, so gut er konnte.

Mats ließ sich von Sanna daher überreden, sie noch zu den Felsen zu begleiten, und lief ihr hinterher.

Als sie fast da waren, hörte er ein seltsames Geräusch. Sofort blieb er stehen und flüsterte ihr zu:

„Hast du das auch gehört?“, und zog sie hinter einige Büsche, wo sie sich verstecken konnten.

Das Geräusch wiederholte sich und Sanna meinte neugierig:

„Lass uns nachsehen, woher es kommt“, und schlich sich durch die Büsche. Mats wollte sie noch festhalten, sie war jedoch zu flink. Was Sanna jetzt sah, ließ sie dann doch heftig erschrecken:

ein D r a c h e,

ein großer, roter Drache lag dort vor den Felsen und gähnte. Als er das Trollmädchen erblickte, schaute er neugierig und erfreut auf und es schien so, als wollte er etwas sagen. Doch dann wurde sein Blick traurig

und er ließ seinen Kopf mit einem tiefen Seufzer wieder sinken.

Vorsichtig schlich sich Sanna zu Mats zurück. Der hatte durch die Zweige gespäht und alles mitbekommen. Mit zittriger Stimme sagte Sanna:

„Lass uns lieber schnell nach Hause gehen“,

und während sie loseilten, antwortete Mats:

„Ja, komm. Und das mit dem Drachen, das bleibt unser Geheimnis.“

Mein Name ist Aganos

Bis zum Abend hatten Mats und Sanna keine Zeit mehr, über den Drachen zu sprechen. Trollkinder brauchen zwar nicht zur Schule zu gehen, aber sie helfen in der Gemeinschaft überall mit, wo es etwas zu tun gibt. Dabei lernen sie alles, was ein Troll wissen muss. Die Jüngsten lernen von den etwas Älteren, die wieder von den noch Älteren, die von den Erwachsenen und wenn man gar nicht weiter wusste, fragte man Wompifatz. Der schien alles zu wissen.

So war jeder im Dorf Schüler und Lehrer zugleich, und es machte große Freude zu merken, dass man immer mehr wusste, was man dann den Jüngeren weitergeben konnte.

Heute gab es besonders viel zu lernen und so kam es, dass Sanna erst am Abend mit Mats allein reden konnte. Bis dahin hatte sie sich viele Gedanken gemacht:

„Du, Mats, ich glaube, der Drache war traurig. Wie er geseufzt hat! Wir sollten nochmal zu ihm gehen und ihn fragen, was los ist.“

„Bist du verrückt!“, entfuhr es Mats. „Hast du nicht gesehen, dass er ganz rot war? Das war ein Feuerdrache. Das sind die gefährlichsten Drachen überhaupt.“

Sanna war nicht beeindruckt: „Woher willst du wissen, ob er gefährlich ist, du bist doch vorher auch noch nie einem Drachen begegnet, oder?“

„Das weiß doch jeder und jetzt schlag dir das aus dem Kopf. Du solltest nicht einmal daran denken!“, antwortete Mats und ließ sie allein stehen.

Also schwieg Sanna, den traurigen Blick des Drachen konnte sie jedoch nicht vergessen. Mehrmals in der

Nacht wachte sie auf und musste an den Drachen denken. Am nächsten Morgen hatte sie einen Entschluss gefasst. Noch bevor alle aufstanden, schlich sie sich davon. Sie nahm ein Körbchen mit, um unterwegs Blaubeeren pflücken zu können. Es war immer gut, ein Geschenk mitzubringen, wenn man jemand besuchte. Blaubeeren wuchsen überall im Wald und waren für die Trolle eine Köstlichkeit. „Ein ideales Geschenk“, fand Sanna.

Den Weg zu den Felsen fand sie leicht, sie hatte ein gutes Gedächtnis

dafür. Sie versteckte sich wieder hinter den Büschen und wollte erst einmal beobachten. Da sah sie, wie der Drache aus seiner Höhle kam, er war wohl gerade erst aufgewacht. Er streckte sich in der Morgenluft, die er mit Genuss einatmete. Ein kurzes Lächeln, dann wurde sein Blick wieder traurig, so, wie Sanna es auch am Tag zuvor schon erlebt hatte.

Eine ganze Weile beobachtete sie den Drachen, als aber gar nichts geschah, nahm sie ihren Mut zusammen und kam hinter den Büschen hervor. Der Drache schaute erst erstaunt, dann erfreut. Ein richtiges Strahlen ging über sein Gesicht. Darauf traute sich Sanna näher, stellte mit einem freundlichen Lächeln die Blaubeeren vor ihm ab und sprach ihn an:

„Mein Name ist Sanna. Wie heißt du?“

Nun ist es so, dass Trolle ihren Namen normalerweise nicht so schnell verraten. Tun sie es, dann ist das ein großer Vertrauensbeweis. Indem Sanna ihren Namen nannte, bot sie dem Drachen zugleich ihre Freundschaft an.

Der Drache blickte etwas traurig, deutete mit dem Finger auf seinen Mund und schüttelte dann verneinend den Kopf. Sanna verstand die Geste und fragte:

„Kannst du nicht sprechen? Hast du Halsweh?“

Sie hatte selbst schon einmal Halsweh gehabt und wusste, dass man dann manchmal kaum einen Ton herausbekommt.

Wieder schüttelte der Drache den Kopf. Wie sollte er nur erklären, warum er nicht sprechen konnte. Wenn er jetzt Feuer spuckte, dann würde das Mädchen sicherlich wegrennen. Dann wäre er wieder ganz allein. Nein, nur das nicht! So überlegte er kurz und drehte sich dann von Sanna weg, zeigte auf seinen Mund und zusammen mit einem kurzen Ton kam eine kleine Feuerflamme daraus hervor.

Zuerst erschrak Sanna. Erst jetzt merkte sie, dass die Umgebung der Höhle ganz verbrannt aussah. Aber sie lief nicht davon. Es war nicht Halsweh, eher Halsbrennen.

Bei dem Gedanken musste sie kichern, aber gleich wurde sie wieder ernst:

„Oh je, das ist aber ein Problem. Heilt das wieder?“

Der Drache schüttelte den Kopf. Nein, bis jetzt war es immer das Gleiche, was er auch versuchte.

Da kam Sanna eine Idee:

„Probier doch mal etwas zu sagen, bei dem man den Mund geschlossen lässt. Zum Beispiel ‚mhm', so, als würde man ‚Ja' sagen. Vielleicht geht das?"

Das war eine gute Idee. Der Drache drehte sich sicherheitshalber zur Seite und brummte „mhm".

Es kam kein Feuer! Nun ja, kleine Rauchwolken entschwebten seinen Nasenlöchern, aber kein Feuer! Überrascht und erfreut drehte er sich zu Sanna um und sagte nochmal „mhm" und dann nochmal und nochmal. Das Trollmädchen freute sich mit ihm, so sehr, dass sie in die Höhe hüpfte und mit ihm immer wieder „mhm" rief.

Nach einer Weile beruhigten sie sich wieder und Sanna meinte:

„Wenn du ‚mhm' sagen kannst, dann kannst du bestimmt auch sprechen. Ich weiß nur nicht wie. Aber ich kenne jemand, den ich fragen kann, er hat mir auch bei meinem Halsweh geholfen. Jetzt muss ich nach Hause gehen, aber ich komm wieder – versprochen."

„Mhm", antwortete der Drache, lächelte und winkte mit seiner Hand zum Abschied. Als Sanna jetzt nach Hause lief, hörte sie noch eine ganze Weile das „Mhm" des Drachen, bis sie schließlich außer Hörweite war.

Noch bevor Sanna das Dorf erreichte, sah sie Mats, der ihr entgegenkam. „Oh je, das gibt Ärger", dachte sie sich, aber sie war viel zu fröhlich, um besorgt zu sein. Mats legte auch gleich los:

„Wo warst du denn? Sag jetzt bloß nicht, dass du allein zum Drachen gegangen bist! Im Dorf vermisst man dich schon."

Sanna strahlte Mats an:

„Ich war bei ‚Mhm' und jetzt will ich zu Wompifatz."

Damit lief sie, ohne ein weiteres Wort zu verlieren, zum Dorf zurück. Dort eilte sie gleich zu Wompifatz und erzählte ihm noch ganz außer Atem die gesamte Geschichte vom großen roten Drachen, der nicht sprechen kann.

Wompifatz hörte dem Mädchen überrascht zu und sagte dann in seiner kurzen Art:

„Ein Drache also. Hm, schon lange keinen mehr gesehen."

Dann hob er strafend den Finger, wie sich das gehört:

„Du weißt schon, dass Drachen auch gefährlich sein können. Dass du das nicht nochmal machst, so allein davonzulaufen, hörst du! Das hätte auch ganz anders ausgehen können."

Daraufhin nahm er seinen Wanderstock und meinte:

„So, und jetzt suchen wir deinen Drachen auf, mal sehen, ob wir ihm helfen können."

Sanna hüpfte aufgeregt und freudig voran, während Wompifatz bedächtig mit seinem Wanderstock hinterherkam. Als sie den Drachen erreichten, begrüßte Wompifatz ihn respektvoll:

„Mein Name ist Wompifatz."

„Mhm", antwortete der Drache.

Wompifatz stupste Sanna schmunzelnd an und erklärte ihr leise:

„Das ist kein großer Drache, das ist ein Drachenkind, ein ganz kleines sogar."

Etwas lauter sagte er dann zum Drachen:

„So wie es aussieht, hast du die wichtigen Dinge im Drachenleben noch nicht gelernt. Wollen mal sehen, was ein alter Troll dir beibringen kann."

Zuerst überlegte Wompifatz eine Weile und versuchte sich an die wenigen Begegnungen mit Drachen zu erin-

nern. Alle konnten sie sprechen, wahrscheinlich lag es am Atem. Daher ließ er den kleinen Drachen mal mehr im Bauch, mal mehr in der Brust atmen. Nach einiger Überlegung war er sich recht sicher, wie es möglich sein müsste. Das gab er dann dem Drachen als Übung auf und meinte zu ihm:

„Wir kommen in drei Tagen wieder, bis dahin übst du fleißig. Ich bin mir sicher, dass du es schaffst.“

„Mhm“, nickte der Drache und begann sogleich zu üben.

Nach den drei Tagen kehrten Wompifatz und Sanna zum Drachen zurück. Schon von Weitem roch es nach Verbranntem. Das ließ nichts Gutes ahnen. Als sie ihn erreichten, sahen sie, dass die Fläche vor der Höhle in einem weit größeren Umkreis verbrannt war als zuvor. Der kleine Drache hatte wohl sehr viel geübt.

Ja, das hatte er tatsächlich. Gleichzeitig versuchte er sich an seinen Namen zu erinnern, an die Stimme seiner Mutter. Wie nannte sie ihn damals zärtlich?

Als jetzt Wompifatz und Sanna vor ihm standen, strahlte er über das ganze Gesicht und sie hörten von ihm seine ersten vier Worte:

„Mein Name ist Aganos.“

Es kam kein Feuer! War das eine Freude! Der Drache konnte sprechen! Sanna lachte und hüpfte hin und her und Aganos versuchte es ihr gleichzutun. Endlich konnte er mit anderen Freundschaft schließen und war nicht mehr allein.

Gute Menschen

Die Neuigkeit, dass ein Feuerdrache in der Nähe lebte, verbreitete sich in Windeseile bei den Trollen. Jeder wollte ihn sehen und da Aganos kein Feuer mehr von sich gab, hatte er nun viele Freunde. Sie besuchten sich gegenseitig und aßen zusammen Blaubeeren - es war jedes Mal wie ein kleines Fest. Blaubeeren waren inzwischen die Lieblingsspeise von Aganos, nicht zuletzt, weil es das Erste war, was er je geschenkt bekommen hatte.

Alle waren glücklich und so hätte es gern noch lange weitergehen können. Doch schon bald erschütterte eine schlimme Nachricht den Stamm:

Menschen! Es waren Menschen am Waldrand gesehen worden, die in das alte, verlassene Forsthaus einziehen wollten. Das war gar nicht weit weg. Das ganze Dorf war in Aufruhr. Wann hatten Menschen schon je etwas Gutes gebracht! Sie hatten keine Achtung vor der Natur.

„Wir müssen sie vertreiben, bevor es zu spät ist“, war die einhellige Meinung der Trolle. Sogleich wurde ein Plan aufgestellt, jeder war irgendwann an der Reihe, um die Menschen zu vertreiben.

Da Menschen die Trolle nicht sehen können, war es schwer, sie zu erschrecken. Aber man konnte ihnen zum Beispiel Dinge, die sie brauchten, verstecken, damit sie nicht weiterarbeiten konnten. So wurde es beschlossen.

Eines Tages war auch Sanna an der Reihe, doch sie weigerte sich zu gehen.

„Nein, ich will nicht zu den Menschen.“

Thore, ein älterer Troll, ermahnte sie:

„Wir Trolle halten uns an Abmachungen. Wir haben

das gemeinsam beschlossen, also führen wir das auch gemeinsam aus. Nur dann kann man gut zusammenleben. Du willst doch jetzt auch zu uns Skogas gehören, oder?“

Aber Sanna setzte sich am Boden hin und wiederholte nur:

„Nein, ich will nicht zu den Menschen“, und blieb hartnäckig sitzen.

Mats bekam das Ganze mit und versuchte zu helfen:

„Was ist denn los, Sanna? Wieso willst du nicht gehen?“

Zuerst sagte sie nichts, doch nach einer Weile senkte sie den Kopf und flüsterte:

„Ich habe Angst vor den Menschen.“

Sanna und Angst? Das war ja etwas ganz Neues. Normalerweise war sie für jedes Abenteuer zu haben und kaum zu bremsen, selbst wenn es gefährlich wurde. Mats konnte ihre Angst kaum glauben. Ein sonderbares Mädchen war sie schon. Dennoch bot er ihr seine Hilfe an:

„Du brauchst doch nicht allein zu gehen. Ich komme mit und passe auf. In Ordnung?“

„Na gut, wenn es sein muss“, meinte sie mit

einem tiefen Seufzer und daraufhin gingen sie gemeinsam zum Forsthaus. Dort sahen sie vier Menschen, zwei Männer und ihre Frauen, die das alte Haus reparieren wollten. Weil die anderen Trolle schon einiges versteckt hatten, war die Stimmung im Haus gereizt. Ein Mann rief vom Dach, das er gerade ausbessern wollte:

„Wo ist denn nur schon wieder der Hammer, so kann man doch nicht arbeiten!“

Zugleich kam seine Frau aus der Küche und suchte den Kochtopf.

„Ich habe ihn aufgeräumt, da bin ich mir sicher. So vergesslich kann man doch nicht sein.“

Die andere Frau meinte:

„Ich glaube, das Haus ist verhext. Das ist nicht normal, dass andauernd Sachen verschwinden und dann irgendwo in der Scheune oder unter den Bäumen wiederzufinden sind.“

Mats und Sanna kicherten belustigt, als plötzlich der andere Mann bemerkte:

„Das Haus ist nicht verhext, das sind Trolle. Opa hat uns gleich gewarnt, wenn wir so nah am Wald leben, dann fühlen sie sich bedroht. Die wissen ja nicht, dass wir ihnen und dem Wald helfen wollen.“

Die beiden Trolle schauten sich betroffen an. Was wussten die Menschen von ihnen und – hatten sie richtig gehört - sie wollten helfen? Schnell lauschten sie weiter und hörten von einer der Frauen:

„Ach, der Opa mit seinen Geschichten. Aber wenn er morgen zum Fest kommt, hat er vielleicht einen Rat.“

Ein Fest, da kamen wohl noch mehr Menschen. Oh weh! Schnell eilten Sanna und Mats zum Dorf zurück, um die Neuigkeiten mitzuteilen. Wompifatz schlug vor, dass am nächsten Abend, sobald es dunkel wurde, möglichst viele Trolle zum Fest gehen sollten. Es galt herauszufinden, was die Leute tatsächlich wollten.

So geschah es, dass zum Fest fast genauso viele Trolle da waren wie Menschen. Diese lachten und sangen, tanzten und waren fröhlich. Es gelang den Trollen nicht, dabei ernst zu bleiben, und bald tanzten und sangen sie mit. Wie schön doch Feste waren und wie sehr sie sich glichen.

Mats tanzte nicht. Er war an Opa interessiert, der wohl etwas über Trolle wusste. Der Opa war schnell zu finden, er war der Älteste, hatte einen weißen Bart und eine lustige Mütze auf dem Kopf. Fast sah er wie ein zu groß geratener Troll aus. Sehr angenehm. Nun ja, er hatte keinen Schwanz und fünf Finger anstatt vier, wie das bei den Trollen der Fall war. Das Beste an ihm war aber, dass er zur Musik Trommel spielte. Er schlug sie

mit den Händen an und begleitete damit den Gesang. Das klang wirklich wundervoll.

Als es spät wurde, gingen die meisten Menschen schlafen, auch die meisten Trolle. Sie legten sich zum Schlafen einfach unter die Bäume. Opa blieb noch auf der Bank vor dem Haus sitzen und genoss die helle Nacht. Im Sommer wird es im hohen Norden nämlich gar nicht richtig dunkel.

Mats hatte sich bis jetzt versteckt und sich sogar kurz mit Sanna hingelegt, aber als es nun ruhig wurde, kam er aus seinem Versteck hervor. Er wollte unbedingt die Trommel testen. Sie war für ihn viel zu groß, er musste auf sie klettern, doch als er dann mit seinen kleinen Händen draufklopfte, kam kein schöner Ton heraus.

„Du bist zu klein für die Trommel. Wenn du darauf sitzt, dann kann sie nicht schwingen.“

Wer redete da? Mats sah sich um. Der Opa blickte ihn direkt an. Hatte er etwa ...?

„Ah, du wunderst dich wohl, dass ich dich sehen kann, kleiner Troll", sprach der Opa und weiter:

„Ja, ich sehe euch schon den ganzen Abend, schön habt ihr getanzt und gesungen."

Mats staunte: „Wieso kannst du uns sehen?"

Opa bückte sich zu ihm herab und erklärte ihm liebevoll:

„Ich habe als Kind am Waldrand gelebt und ging immer in den Wald zum Spielen. Dort spürte ich jedes Mal, dass ich nicht allein war. Ja, und irgendwann sah ich die Trolle, die dort lebten. Habe viel von ihnen gelernt, ihr wisst ja viel mehr über die Natur als wir Menschen. Aber dann zogen wir in die Stadt und heute sehe ich euch das erste Mal wieder."

Nach dieser Erklärung stand er auf, verbeugte sich leicht und sprach:

„Fast hätte ich es vergessen: Mein Name ist Olaf. Ich freue mich, dich kennenzulernen."

Mats war überrascht über den Namen, sodass er seine sonstige Vorsicht ganz vergaß:

„Du heißt nicht Opa, sondern Olaf? Mein Name ist Mats."

Mit dem Nennen ihrer Namen hatten die beiden sich einander vertraut gemacht. Olaf, der aufgrund seines Alters immer nur Opa genannt wurde, nahm das gleich zum Anlass, um weiterzusprechen:

„Weißt du, wir, das heißt meine beiden Söhne, die mit ihren Frauen hier leben, und ich, wir wollen hier ein krankes Stück Land heilen. Dazu brauchen wir aber eure Hilfe. Meine Söhne haben mir erzählt, was in letzter Zeit passiert ist. Ich hab ihnen gleich gesagt, dass sie mit euch rechnen müssen, aber sie haben nicht auf mich gehört.“

„Du bist doch der Älteste, wieso hören sie nicht auf dich?“, fragte Mats.

Olaf blickte etwas traurig:

„Ja, bei uns Menschen meinen die Jungen alles besser zu wissen als die Alten. Und oftmals haben sie sogar recht, weil die Alten sich in ihrem Leben nur selten um das gekümmert haben, was wirklich wichtig ist. Da könnten wir von euch Trollen noch lernen."

Mats fand Olaf wirklich nett. Ein Mensch, der von den Trollen lernen und dazu noch ein Stück Land heilen wollte - das musste er unbedingt Wompifatz erzählen. Jetzt interessierte ihn aber noch, wie sie das Land heilen wollten.

Der Opa meinte:

„Weißt du was, bevor ich das nur dir erzähle, frag doch alle Trolle deines Stammes, ob sie morgen Abend kommen wollen. Dann kann ich euch das erklären. Und vielleicht können wir dann Freundschaft schließen und gemeinsam helfen."

„Au fein, das mach ich gern!", begeisterte sich Mats und dann verabschiedete er sich, um so schnell wie möglich Wompifatz davon zu erzählen.

Helfen mit Feuer

Wompifatz war verstimmt, das konnte man ihm deutlich ansehen. Da gingen fast alle Trolle der Skogas zum Fest der Menschen und was machten sie? Sie tanzten und sangen, anstatt Neuigkeiten in Erfahrung zu bringen. Das war doch nicht zu fassen! Zum Glück hatte wenigstens Mats Interessantes berichtet.

Die Menschen wollten also Land heilen und Freundschaft mit den Trollen schließen. Wompifatz und auch einige andere Trolle waren misstrauisch, sie hatten bisher keine guten Erfahrungen mit Menschen gemacht. Erst einmal anhören, was der Opa plante. Sie beschlossen, dass nur ein paar von ihnen zum Treffen gehen sollten: Wompifatz als der Älteste, drei erfahrene Männer, drei kluge Frauen, Mats natürlich und auf seinen besonderen Wunsch hin auch Sanna. Als einziger Vertreter der Drachen folgte der junge Aganos.

Wie vereinbart trafen sie gegen Abend beim alten Forsthaus ein. Opa Olaf hatte dort unter einer alten Kiefer Platz genommen. Obwohl das Sitzen auf dem Boden für ihn mühselig war, hatte er sich dazu entschlossen, um nicht so groß zu erscheinen. Er hatte alles gut vorbereitet. Die Trolle nahmen ihm gegenüber im Halbkreis Platz.

Der Opa war sehr überrascht, unter ihnen einen Drachen zu sehen. Normalerweise sind Drachen genauso wie die Trolle unsichtbar für Menschen, doch der Opa bildete da wohl eine Ausnahme. Leider konnte er nicht gleich Fragen an den ungewohnten Gast stellen, denn zuerst musste er sich gebührend vorstellen:

„Mein Name ist Olaf. Ich freue mich, dass ihr gekommen seid."

Die Trolle blickten unbeeindruckt, sie erwiderten den Gruß nicht. Mit Trollen kann man nicht so leicht Freundschaft schließen. Da brauchte es schon mehr. Wompifatz antwortete deshalb sehr nüchtern:

„Du hast uns eingeladen, wir sind gekommen. Wir hören dir zu."

„Oh weh, das wird nicht einfach", dachte sich Olaf. „Na, immerhin hören sie zu."

Also begann er:

„Hier in der Nähe gab es einen kranken Wald, der abgeholzt wurde. Wir kennen eine Möglichkeit, den Boden zu heilen, und wollen neue Bäume pflanzen. Deshalb sind wir hier."

„Ja, das stimmt, Menschen haben alle Bäume gefällt!", warf da Sanna ein:

„Sie kamen mit großen Maschinen, wir konnten sie nicht aufhalten, obwohl wir alles versucht haben. Sogar den großen Wächterbaum haben sie umgesägt. Das ging alles so schnell, dass wir in alle Richtungen fliehen mussten.“

Dann schluchzte sie:

„Oh, es war so schlimm, wie böse waren die Menschen.“

Und dann weinte sie laut und konnte gar nicht mehr aufhören.

Alle waren betroffen. Sanna hatte nie erzählt, warum sie geflohen waren. Eine der Trollfrauen legte beschützend ihren Arm um sie und versuchte sie zu beruhigen:

„Weine ruhig, meine Kleine. Jetzt bist du bei uns und wir tun alles, dass so etwas nie mehr passiert.“

Auch Mats rückte näher an Sanna heran. Jetzt verstand er, warum sie manchmal ein wenig eigenartig war und woher ihre Angst vor den Menschen kam. Ein großer Schmerz wohnte in ihr und der musste erst einmal heraus. Schon komisch, er hatte sich nie Gedanken darüber gemacht, dass sie ja einen Grund haben musste, weshalb sie ihre alte Heimat verlassen hatte. Mats wusste nicht, wie er Sanna trösten konnte, aber er nahm ihre Hand und hielt sie ganz, ganz fest.

Opa Olaf war sehr gerührt und stammelte verlegen:

„Das, das tut mir unsäglich leid; ich weiß, ich kann das nicht wiedergutmachen. Aber ich werde alles tun, um euch und dem Wald zu helfen."

Dann wandte er sich Sanna direkt zu und versuchte zu erklären:

„Weißt du, kleines Trollmädchen, die Menschen, die das taten, waren nicht wirklich böse. Sie kannten sich nur viel zu wenig aus mit der Natur und all ihren sichtbaren und unsichtbaren Lebewesen. Hätten sie gewusst, was sie anrichten, dann wären sie anders vorgegangen. Das ist auch ein Grund, warum ich hier bin. Ich möchte den Menschen zeigen, dass es auch anders geht."

„Und wie willst du das machen?", fragte Wompifatz.

„Wir machen jeden Morgen und Abend eine Feuerzeremonie. Sie ist einfach und sieht unscheinbar aus, hat aber sehr gute Wirkungen auf die Natur und auf alles, was lebt. Sie reinigt alles, die Luft, den Boden und auch das Wasser. Wenn zum Beispiel ein Baum krank ist, dann machen wir bei ihm das Feuer, er „atmet" den

Rauch ein und wird dadurch fast immer gesund. Das kann ganz schnell gehen.

Außerdem, und das ist das Wundervolle daran, erzeugen wir mit dem kleinen Feuer Licht, nicht nur sichtbares, sondern auch Licht im Innern der Lebewesen. Sie werden besser, fröhlicher und haben mehr Kraft, um gesund und munter zu sein. Es ist so ähnlich, wie wenn zur Mittagszeit die Sonne scheint, dann ist kein Platz für große Schatten."

Sanna, der bisher immer noch die eine oder andere Träne über das Gesicht rann, blickte mit großen Augen auf. Die Schatten wurden kleiner? Das war ja, was sie so sehr liebte. Sie sah zu Mats und Mats sah zu ihr. Darüber hatten sie doch erst neulich gesprochen. Jetzt war sie sehr interessiert und fragte:

„Dürfen wir sehen, wie das gemacht wird?"

„Ja natürlich", antwortete Olaf, „deshalb habe ich euch auch gebeten abends zu kommen. Die Feuerzeremonie wird nämlich genau zu Sonnenuntergang ausgeführt."

Er blickte auf seine Uhr:

„Oh, das ist ja schon bald. Wenn ihr möchtet, werde ich es hier durchführen und ihr könnt zusehen und beobachten. Ist das für euch in Ordnung?"

Feuerschale

Ja, alle stimmten zu und Opa stand auf, holte eine seltsam geformte Schale, legte etwas Brennmaterial hinein und erklärte:

„Wenn es brennt, werde ich ein kurzes Lied singen, das genau zum Sonnenuntergang passt."

Erwartungsvoll fragte Mats:

„Spielst du dann auch Trommel dazu?“

„Nein, nein“, lachte Opa, „bei der Zeremonie ist alles genau vorgeschrieben und es darf nichts verändert werden. Sonst ist die gute Wirkung nicht da.“

Dann sah er auf die Uhr. Es wurde Zeit und er versuchte das Feuer anzuzünden. Aber das Zündholz war wohl feucht. Er versuchte es mit einem anderen Zündholz, dann mit dem nächsten und dem übernächsten. Irgendwann wurde er nervös. Da bemühte er sich, möglichst perfekt die Zeremonie zu zeigen, und nun bekam er nicht einmal das Feuer an.

„Brauchst du Feuer?“, fragte da jemand in seiner Nähe.

Olaf sah neben sich, Aganos hatte sich zu ihm gesellt. Der Feuerdrache! Natürlich! Erfreut zeigte Opa ihm, was anzuzünden war, ein kurzer Hauch aus feuriger Kehle und ein kleines Feuer brannte in dem Gefäß.

Erleichtert konnte Olaf nun in Ruhe die Zeremonie durchführen und auch das Lied singen. Es war ein unfassbarer Friede zu spüren. Der Himmel begann sich immer mehr rot zu färben. Das kleine Feuer und der Himmel schienen eine Einheit zu werden. Was für eine wohltuende Ruhe jetzt zu merken war! So, als würde jemand die Seele streicheln und sagen: „Alles ist gut."

Alle Anwesenden waren ganz ergriffen. Keiner wollte die Ruhe stören und daher sagten sie lange nichts.

Nach einiger Zeit trat schließlich Wompifatz, der Älteste der Trolle, vor und sprach in die Runde:

„Zum ersten Mal erleben wir, dass ein Mensch mit einfachen Mitteln so viel Frieden bringt, wie wir es noch nie erlebt haben. Ist es nicht so?"

Alle Trolle nickten zustimmend und bestätigten seine Worte.

Wompifatz richtete sich nun feierlich an Olaf, den Menschen:

„Mein Name ist Wompifatz, Ältester vom Stamme der Skogas. Wir werden dich unterstützen und dir helfen."

Olaf kamen vor Rührung ein paar Tränen. Er wusste, was es bedeutet, wenn ein Troll seinen Namen nennt. Sie waren jetzt Verbündete! Ergriffen antwortete er:

„Ich danke dir, ich danke euch allen. Wie freue ich mich darüber."

Die Trolle freuten sich ebenso und einer nach dem anderen trat vor, um es zu bekräftigen:

„Mein Name ist Thore, wir wollen Freunde sein."

Und der Nächste:

„Mein Name ist Vidar, lass uns gemeinsam handeln."

„Mein Name ist Neele, ich freue mich."

Und so ging es weiter, bis alle erwachsenen Trolle ihren Namen genannt hatten. Dann kam der Drache an die Reihe:

„Mein Name ist Aganos. Ich bin Feuer und Flamme."

Er meinte es tatsächlich so, es war das höchste Lob eines Feuerdrachen. Dennoch musste der eine oder andere schmunzeln.

Als Letzte trat Sanna vor und sagte mit feierlich zarter Stimme, die bei ihr sonst nicht üblich war:

„Mein Name ist Sanna, ich will mit den Menschen Frieden schließen und du, Olaf, hast das mit dem kleinen Feuer heute Abend schon erreicht.

Ich danke dir.“

Der Wald wird gesund

Am nächsten Morgen trafen etliche Trolle am Forsthaus ein. Die Feuerzeremonie wurde auch zu Sonnenaufgang ausgeführt und fast alle Trolle wollten dabei sein. Es war genauso berührend wie am Abend zuvor. Olaf erklärte den Trollen nun ausführlich, wie die Zeremonie durchgeführt wird und dass sie „Agnihotra" heißt. Er übte mit ihnen die kurzen Lieder mit fremdartigem Text, damit sie das nächste Mal mitsingen konnten. Morgens hieß es:*

Suryaye swaha, suryaye idam na mama
pradschapataye swaha, pradschapataye idam na mama

Abends waren Text und Melodie ganz ähnlich. Das Lied lautete:

Agnaye swaha, agnaye idam na mama
pradschapataye swaha, pradschapataye idam na mama

Die Lieder waren leicht zu lernen, auch wenn der Text ungewöhnlich war. Aber genau so sollten sie gesungen werden. Es war, als würde man Sonnenaufgang und Sonnenuntergang in Worte fassen und mit einer passenden Melodie begleiten.

Die Lieder vor sich hinsingend gingen die Trolle nach Hause und versprachen, am Abend wiederzukommen. Dieses Mal nicht zum Forsthaus, sondern zum kranken, ehemaligen Waldstück.

* Auf Seite 91 findet ihr die Melodie und die richtige Aussprache

Olaf und seine Familie hatten dort schon den ganzen Nachmittag verbracht. Das Gelände sah schlimm aus: Es gab keine großen Bäume mehr, keine Blume blühte, nur kahler Boden, auf dem höchstens einige Flechten zu sehen waren.

Die Trolle waren entsetzt, als sie abends eintrafen und das Elend sahen. Umso mehr freuten sie sich auf Agnihotra. Jeder der Menschen führte eine eigene Feuerzeremonie aus. Es war so viel Hilfe nötig wie möglich.

Erst kurz vor dem Anzünden merkte Olaf, dass er keine frischen Zündhölzer mitgenommen hatte. Die alten waren feucht und damit nutzlos. Er sah um sich, er wollte den Feuerdrachen um Hilfe bitten. Wo war er nur? Leise rief er: „Aganos“, und als er keine Antwort bekam, etwas lauter „Aganos!“

Anstatt des Drachens antwortete Lorin, sein jüngerer Sohn:

„Du bist über 5 Minuten zu früh dran. Außerdem heißt es nicht ‚Aganos‘, sondern ‚Agnaye‘.“

Die Trolle lachten und auch Olaf musste schmunzeln. Den anderen hatte er noch nichts von dem Drachen erzählt, sie sollten sich erst einmal mit den Trollen anfreunden. Er wollte sie ja schließlich nicht überfordern.

Ah, da kam ja Aganos und entzündete Olafs Feuer. Und weil er schon mal in seinem Element war, kontrollierte er auch gleich die Feuer der anderen und half, dass es bei allen schön brannte.

War das ein wundervolles Agnihotra! Die kahle Gegend, darauf verteilt die Feuer und alle sangen sie das gleiche Lied. Man spürte förmlich, wie die Natur aufatmete. Ja, die Heilung hatte begonnen, da waren sich alle sicher.

Es dauerte nur wenige Wochen, schon blühten die ersten Blumen. Auch waren die ersten Bäume gepflanzt und jeden Tag kamen weitere dazu.

Olaf übernahm das Vermitteln zwischen den Trollen und den Menschen. Seine Söhne und deren Frauen waren inzwischen überzeugt, dass es Trolle gibt, nicht zuletzt, weil sie nun nie mehr etwas suchen mussten. Alles war an seinem Platz, wo es hingehörte.

Björn, Olafs älterer Sohn, war mit seinem Bart und etwas rundlichen Bauch ein gemütlicher Mann, der gern mit allen in Frieden lebte. Eines Tages saß er mit Olaf auf einer Bank und merkte nicht, dass sich auch einige Trolle zu ihnen gesellt hatten. So war es für alle interessant, als er auf die Trolle zu sprechen kam:

„Die ganze Zeit über mache ich mir schon Gedanken, wie wir zum Wohl der Natur mit den Trollen zusammenarbeiten können, wenn du nicht da bist. Wir verstehen sie ja nicht."

„Das ist gar nicht so schwer, Björn", antwortete Olaf.

„Auch wenn du die Tiere und die Naturwesen nicht verstehen kannst, sie verstehen dich. Rede mit ihnen, so, als ob sie vor dir stehen würden. Das kann auch lautlos sein. Danach sei ganz still und lausche in dich hinein. Dort findest du nach etwas Übung ein Gefühl oder einen Gedanken, was zu tun ist. Und wenn du dir noch nicht sicher bist, dann wissen die Wesen wenigstens rechtzeitig, was du vorhast, und können darauf reagieren.“

Björn wollte noch mehr wissen:

„Wie ist das, wenn wir etwas tun, was ihnen nicht gefällt, zum Beispiel Bäume fällen? Wir brauchen ja immer wieder Holz zum Bauen oder für den Ofen.“

„Mach es genauso“, meinte Olaf.

„Erkläre es ihnen, damit sie sich notfalls rechtzeitig eine neue Bleibe suchen können und nicht flüchten müssen. Auch viele Tiere haben dann Zeit, umzuziehen. Und vergiss nicht zu erwähnen, dass du wieder neue Bäume pflanzen wirst. Mit etwas Übung bekommst du auch ein Gespür dafür, welche Bäume du fällen kannst und welche stehen bleiben sollten.“

„Das klingt wirklich nicht so schwer“,

sagte Björn und begann sogleich, es auszuprobieren.

Die Trolle fanden es zunächst lustig, wenn Björn zu ihnen sprach und ihre Antworten nicht hörte. Sie bemühten sich, ihm trotzdem zu zeigen, was am besten war: Den Baum hierhin pflanzen und nicht

Birthe und Björn

dorthin, weil hier mehr Feuchtigkeit im Boden war. Hier etwas mehr Erde anhäufen, dort das Pflanzloch tiefer graben. Mit der Zeit bekamen Björn und auch seine Frau Birthe tatsächlich ein Gespür dafür und mussten Olaf gar nicht mehr fragen. Auch Lorin und seine Frau Lisa wurden immer sicherer.

Die Trolle halfen überall gut mit. Sie sorgten zum Beispiel dafür, dass die Asche, die bei jedem Agnihotrafeuer anfiel, an jene Stellen verteilt wurde, die es am nötigsten hatten. Die Asche war eine Wohltat für die Erde und half, dass alles gesund wuchs.

Nach dem Pflanzen der Bäume baten sie die Vögel, öfter im neuen Wald zu singen. Pflanzen lieben das Jubilieren und Tirilieren der Vögel, da geht es ihnen wie den meisten Menschen.

Schon bald kamen auch nützliche Insekten oder ein Reh schaute vorbei. Bienen summten wieder, Schmetterlinge flogen, Käfer schwirrten, Spinnen woben und die Ameisen krabbelten fleißig über den Waldboden. All die Tiere schienen sich über die neue Pflanzenpracht zu freuen.

Früher hatte man hier nur Kiefern gesehen, aber jetzt waren da auch Fichten und Birken und viele andere Sorten, die sich wunderbar ergänzten.

Es war nicht zu übersehen: Der neue Wald wuchs gesund und schnell heran.

Lisa und Lorin

Auch wenn sich alle darüber freuten, am allermeisten freuten sich Sanna und ihre Mutter. Es war ja ihre alte Heimat, von der sie dachten, dass sie für immer verloren sei. So freuten sie sich über jedes Pflänzchen, jede Blume, jeden Baum. Sie waren bei jedem Agnihotra dabei, weil sie merkten, wie gut es der Natur tat.

Je mehr die Natur heile wurde, desto mehr wurde es auch in ihnen heile. Kein innerer Schmerz mehr, nur noch Freude und Glück. Ja, das sollten alle Menschen lernen, dann gäbe es tatsächlich ganz viel Licht und immer weniger Schatten. Das wünschte sich Sanna sehr.

Hurra, ich kann fliegen

Aganos hatte viel zu tun. Immer mehr Besucher kamen zum Forsthaus und wollten Agnihotra lernen. Da bekanntlich aller Anfang schwer ist, mussten die Neulinge erst lernen, wann und wie man am besten das Feuer entfacht. Aganos war jetzt bei jedem Agnihotra dabei und musste manchmal gut aufpassen, um auch allen helfen zu können.

Zum Verbrennen nimmt man beim Agnihotra kein Holz, sondern getrockneten Kuhdung. Zunächst fanden das alle seltsam, aber Olaf erklärte, dass beim Verbrennen des Kuhdungs die gesamte Umgebung gereinigt wird. In alten Zeiten räucherte man damit wohl auch Krankenzimmer aus.

Getrockneter Kuhdung riecht fein nach Kräutern; die Kuh ist ja auch wählerisch mit dem, was sie frisst. Die Kuhdungstücke sind allerdings nicht alle gleich. Mal sind sie dicker, mal dünner, mal fester, mal lockerer. Opa sah sich deshalb immer erst die Stücke genau an und entschied dann, wann er anzündete. So hatte er zu Sonnenaufgang oder Sonnenuntergang immer ein schön brennendes Feuer. Die Besucher mussten das erst lernen. Aganos sprang immer wieder helfend ein. Weil die Menschen ihn nicht sehen konnten, wunderten sie sich, wenn ihr Feuer plötzlich ohne ihr Zutun aufflammte.

Kurz vor Sonnenuntergang blickten alle auf die Uhr, um genau zum richtigen Zeitpunkt das Lied zu singen und eine kleine Gabe, etwas Reis, in die Flamme zu geben. Aganos fand es seltsam, dass die Menschen dazu eine Uhr brauchten. Das war doch zu spüren! Es war genau zwischen Tag und Nacht. Es fühlte sich an, als würde die Natur ihren Atem anhalten – jedes Tier, jede Pflanze und alle Naturwesen spürten es. Der Mensch musste das wohl erst wieder lernen.

Weil Aganos kein Agnihotra verpassen wollte, lief er jetzt häufig zwischen seiner Höhle und dem Forsthaus hin und her. Das war für ihn sehr mühselig, denn Drachen haben nur kurze Beine und dafür war der Weg recht weit. Manchmal übernachtete er in der Scheune des Forsthauses, aber das passt eigentlich gar nicht zu einem Drachen und er fühlte sich dort auch nicht besonders wohl.

Deshalb lief er dann doch wieder zur Höhle. Ab und zu begleitete ihn dabei Sanna, da kam ihm der Weg nicht ganz so weit vor. Sie kannte sich inzwischen mit allem recht gut aus und war nur noch selten mit Mats unterwegs. Das hatte allerdings noch einen anderen Grund. Der Opa hatte Mats eine kleine Trommel in genau der richtigen Größe gebaut und geschenkt. Mats hatte sich so sehr darüber gefreut, dass er für nichts anderes mehr Gedanken zu haben schien. So oft wie möglich ging er zu Olaf und lernte bei ihm zu trommeln.

Daher war Sanna immer wieder einmal allein bei Aganos. Bei einer solchen Gelegenheit machten die beiden es sich vor seiner Höhle gemütlich und sahen den Vögeln zu, wie sie auf den Zweigen landeten, dort ihre Lieder sangen und wieder davonflogen.

„Ach, fliegen müsste man können",
seufzte Aganos sehnsuchtsvoll und rieb sich seine geschundenen Beine.

„Du müsstest doch eigentlich auch fliegen können, oder? Drachen können immer fliegen“, meinte Sanna und wunderte sich, dass sie noch nicht früher auf die Idee gekommen war.

Aganos seufzte noch einmal:

„Da müsste ich ja zuerst einmal Flügel haben.“

Begeistert von ihrer neuen Idee sprang Sanna auf und untersuchte den Rücken des Drachen. Sie strich mal in die eine, mal in die andere Richtung, es war eindeutig nicht so glatt wie auf ihrem Rücken:

„Da ist doch was, ich spüre es genau.“

Aganos kicherte:

„Oh, das kitzelt, das kitzelt, hör auf! Hihihi."

Und vor lauter Lachen bewegte sich tatsächlich etwas auf dem Rücken. Sanna zog daran, sie war sich jetzt sicher, dass es Flügel waren. Aber sie konnte sie nicht bewegen. Daher stellte sie sich vor den Drachen und sagte:

„Versuch mal so zu machen", und bewegte dabei ihre Arme auf und ab.

Aganos bewegte seine Arme auf und ab. Das Trollmädchen korrigierte schnell:

„Nein, doch nicht mit den Armen, mit den Flügeln!"

Noch einmal versuchte es Aganos, aber wieder bewegten sich nur die Arme. Sanna fasste jetzt seine Hände, damit er die Arme nicht mehr bewegen konnte, und ermunterte ihn:

„Jetzt noch einmal und fühl dabei zum Rücken. Stell dir vor, du wärst ein Vogel, der davonfliegt."

Also noch einmal und tatsächlich - es bewegte sich etwas auf dem Rücken - es waren Flügel!

„Oh, ich hab Flügel, ich hab Flügel!",

rief er begeistert aus. Vor Freude kullerten ihm ein paar Tränen über die Wangen und Sanna fühlte so mit ihm, dass es ihr genauso erging.

Ja, es war nicht leicht, ganz ohne Eltern erwachsen zu werden. Da fiel alles Lernen viel schwerer. Aber welche Freude, wenn es dann doch gelang.

Obwohl Aganos jetzt wusste, dass er Flügel hatte, konnte er noch lange nicht fliegen. Die Flügel waren zu klein und mussten noch wachsen. Trotzdem übte er jeden Tag sie zu bewegen und dabei wurden sie immer kräftiger. Ein Drache ist ja kein leichtes Vögelchen, da müssen die Flügel schon einiges tragen. Deshalb dauerte es auch einige Zeit, bis er das erste Mal abhob. Es waren nur wenige Zentimeter, aber er wusste jetzt, dass es ihm irgendwann gelingen würde.

Und dann war es so weit: Am Forsthaus wurde gerade alles für das abendliche Agnihotra gerichtet, viele Trolle waren anwesend und alle wunderten sich schon, wo denn Aganos blieb. Er hatte bisher noch keine Feuerzeremonie ausgelassen. Zuerst hörten sie ein feines Rauschen in der Luft und dann die Stimme von Aganos:

„Hurra, ich kann fliegen. Ich kann flieeegen!“

Alle streckten ihre Köpfe nach oben – da kam er, drehte mehrere Runden über ihnen und schwenkte gekonnt in den Sinkflug ein. Jetzt sollte eigentlich eine elegante Landung folgen – nun, das übte er besser noch. Nach dem Aufsetzen schlug er ein paar Purzelbäume und kam sitzend zum Stillstand. Aganos tat so, als gehöre das dazu, schlug noch einen Purzelbaum und lachte:

„Habt ihr gesehen? Ich kann fliegen.“

Alle freuten sich mit ihm und das anschließende Agnihotra war ganz von dieser Freude erfüllt. Danach saßen sie noch länger zusammen, sie gratulierten Aganos und die Trollkinder schlugen vor Freude ebenfalls Purzelbäume. Wie schön ist es doch, wenn man sich gemeinsam freuen kann.

Reise zu den Feuerdrachen

Für Aganos wurde jetzt vieles einfacher. Mal flog er zu den Menschen, dann ins Dorf der Trolle, zum neu angelegten Wald und für die Nacht immer zurück zu seiner Höhle. Irgendwann begann er, die Umgebung zu erkunden. Da gab es Seen, Dörfer, Bäche, Moore, Flüsse und viel, viel Wald. Von oben konnte er häufig Tiere ausmachen, die er sonst nur selten bemerkt hatte: Elchmütter und ihre Kälber oder Elchbullen mit den riesigen Geweihen. Die zarten Rehe liefen meist in Gruppen umher. Viel Interessantes gab es zu entdecken, daher wurden seine Runden immer größer und sie dauerten zusehends länger.

Als er sah, wie die meisten Tiere, die Menschen und auch die Trolle in Gruppen zusammenlebten, wurde er ein bisschen traurig. Er kannte keinen einzigen anderen Drachen. Obwohl er so liebe Freunde hatte, begann er sich nach einem Drachenfreund zu sehnen und hielt auf seinen Flügen nur noch danach Ausschau. Doch so sehr er auch spähte, er konnte keinen finden.

Schließlich suchte er Wompifatz auf, den klügsten unter den Trollen. Wenn jemand etwas darüber wusste, dann er.

Wompifatz hörte den Ausführungen des Drachen zu und hatte großes Verständnis für ihn. Zuerst dachte er, nichts darüber zu wissen. Als er einen Moment überlegte, fiel ihm doch noch etwas ein:

„Früher, also ganz früher, als ich noch sehr jung war, habe ich hin und wieder Feuerdrachen gesehen. Sie waren auf der Durchreise und flogen nach einer erholsamen Pause weiter.“

Mit einem bedauernden Blick schloss er:

„Eigentlich ist das schon alles, was ich über Feuerdrachen weiß.“

Das war nicht gerade viel. Aganos bedankte sich höflich und wollte gerade gehen, als Wompifatz noch etwas einfiel:

„Wenn ich mich recht erinnere, dann sagte einer der Drachen, dass er auf dem Weg zu den Feuerbergen sei. Leider weiß ich nicht, wo das ist, aber ich glaube, er sprach von einer Insel.“

„Feuerberge, Insel“,

wiederholte Aganos und wusste sogleich, wo er weitere Informationen erhalten konnte. Auf dem schnellsten Weg flog er zu Opa Olaf.

„Feuerberge, Insel“,

wiederholte auch Olaf, als Aganos sein Anliegen vorgetragen hatte. Olaf war viel in der Welt herumgekommen und versuchte sich zu erinnern, auf welcher Insel es Feuerberge geben könnte. Es fielen ihm gleich mehrere Möglichkeiten ein, aber in Flugweite eines Drachen von hier aus gesehen gab es eigentlich nur eine:

„Das kann nur die Insel sein, die von hier aus im Westen liegt.“

Aganos fragte sogleich nach:

„Wo ist Westen?“,

woraufhin Olaf die Richtung zeigte. Weiter erklärte er:

„Die Insel ist sehr weit entfernt. Du musst dazu lange über Wasser fliegen, ohne dazwischen landen zu können. Schon recht gefährlich, dorthin zu fliegen.“

„Ich werde trainieren, dann schaffe ich es bestimmt“,

antwortete Aganos hocherfreut. Ja, er wollte sich gut vorbereiten und dann so bald wie möglich die Reise antreten. Jetzt konnte ihn nichts mehr aufhalten.

Der Abschied von seinem Zuhause fiel ihm dennoch schwer, vor allem als er sah, dass der eine oder andere Troll Tränen in den Augen hatte.

„Werde ich dich wiedersehen?“,

schluchzte Sanna und drückte sich ganz fest an Aganos. Er versprach:

„Oh ja, ich werde alles dafür tun. Ihr seid doch meine Familie.“

Als Aganos sich von Olaf verabschiedete, erhielt er von ihm noch einen Auftrag:

„Wenn du andere Feuerdrachen triffst, sag ihnen, dass inzwischen auf der ganzen Welt Menschen Agnihotra durchführen. Sie würden sich über jeden Feuerdrachen freuen, der ihnen zur Seite steht.“

Aganos versprach:

„Das werde ich gerne ausrichten und nun lebt wohl.“

Noch einmal winken und dann erhob er sich in die Lüfte. Gleichmäßig schlug er mit den Flügeln, um keine unnötige Kraft zu verschwenden. Dies würde nun seine längste Reise werden.

Bald hatte er das ihm bekannte Gebiet hinter sich gelassen. Lange flog er über Wälder und Seen. Regelmäßig rastete er, um bei Kräften zu bleiben. Irgendwann sah er Berge vor sich und musste höher und höher fliegen. Fast ohne Übergang kam hinter den Bergen das große Wasser – das Meer. Dort legte er eine längere Pause ein, wer wusste, wann er die nächste Möglichkeit dazu hatte. Dann fasste er seinen ganzen Mut zusammen und erhob sich über das Meer.

Der Flug, der nun folgte, kam Aganos fast wie eine Ewigkeit vor. Nie hätte er gedacht, wie groß das Meer

ist – es schien endlos. Und dann die Sorge, ob er die Insel wirklich finden würde. „Wenn die Richtung nicht stimmte ...?“ Nein, er durfte nicht daran denken. Um auf andere Gedanken zu kommen, beobachtete er seinen Flügelschlag: einer, dann noch einer, der nächste. Schon trug ihn eine Luftströmung höher. Jetzt brauchte er sich nicht anzustrengen, sondern nur seine Flügel auszustrecken. Lange konnte er so in der Höhe gleiten, bis er wieder mit den Flügeln schlagen musste. So verging die Zeit. Ab und zu sah er etwas Graues sich vor ihm auftürmen. War es die Insel? Dann die Enttäuschung: nur Wolken. Bis sich irgendwann etwas vor ihm auftat, das größer und größer wurde. Diesmal war es keine Wolke – es war die Insel. Er hatte sie gefunden!

Mit letzter Kraft landete er auf dem ersten Felsen, den er erreichte, und schlief dort augenblicklich vor Erschöpfung ein. Als er nach langem Schlaf wieder aufwachte, fühlte er sich frisch genug, um sich auf die Suche nach den Feuerbergen zu machen. Nach und nach umrundete er die gesamte Insel, die gar nicht so klein war. Er flog jeden Berg an, den er finden konnte, und hielt Ausschau nach den Drachen. Doch nichts. Irgendwann legte er sich traurig und enttäuscht an den Fuß eines Feuerberges. „Nur noch schlafen, schlafen, schlafen", dachte er sich und genau das tat er dann auch.

Nach langem Ausruhen wachte er durch eine sanfte, weibliche Stimme auf:

„Meinst du, er schläft nur oder …?“

Der Satz wurde nicht zu Ende gesprochen, da hörte er schon eine andere Stimme, ebenso zart:

„Wie schön und kräftig er aussieht, so ein feuriges Rot.“

Jetzt wieder die erste Stimme:

„Oh, ich glaube, er öffnet die Augen. Sieh nur!“

Und dann sah Aganos zwei junge, weibliche Feuerdrachen. Ungläubig schloss er die Augen, aber als er sie wieder öffnete, waren sie immer noch da. Er träumte nicht, sie mussten wirklich sein.

Die beiden zierlichen Drachen traten verlegen kichernd einen Schritt zurück. Aganos konnte sein Glück kaum

fassen. Schnell stand er auf, verneigte sich leicht und begrüßte sie so, wie er es bei den Trollen gelernt hatte:

„Mein Name ist Aganos, ich freue mich euch zu sehen."

Die beiden kicherten wieder:

„Oh, wie förmlich er ist",

meinte die eine und die andere erklärte:

„Ich bin Suryane und das ist meine Schwester Ariane. Woher kommst du? Wir haben dich hier noch nie gesehen."

Aganos antwortete:

„Ich komme aus dem Land der Trolle, wo es keine anderen Drachen gibt. Ich habe nach euch gesucht. Seid ihr hier allein?"

„Oh nein, wir sind ganz viele", antwortete Suryane.

„Komm mit, wir bringen dich zu den anderen.“

Fast schwebend vor Glück folgte Aganos den beiden. Über einen versteckten Eingang erreichten sie eine riesige Höhle. Aganos meinte seinen Augen nicht zu trauen, so viele Drachen tummelten sich hier. Er wunderte sich:

„So viele, woher kommen die alle? Was machen sie hier? Kennen die sich alle? Oder ist das hier ein Treffen?“

„Halt, halt“, lachte Suryane, „du hast ja ganz schön viele Fragen. Wenn du damit einverstanden bist, bringe ich dich zu unseren Drachenältesten. Sie werden dir deine Fragen beantworten.“

Dankbar stimmte Aganos zu. Suryane bat ihn, einen Moment zu warten, damit sie die Ältesten informieren konnte. Dann führte sie ihn durch mehrere Gänge hindurch zu einem besonders schönen Höhlenraum.

Das Geheimnis des kleinen Feuers

Riesige Kristalle spiegelten das Licht, das durch mehrere kleine Öffnungen in die Höhle fiel. Dadurch entstand eine einzigartige Beleuchtung. Aganos bestaunte nicht nur die Höhle, sondern auch die im Halbkreis sitzenden Ältesten. Er zählte drei Frauen und drei Männer sowie zwei weitere Drachen. Diese saßen in der Mitte, offensichtlich ein Ehepaar, und strahlten eine Liebe und Güte aus, dass es Aganos ganz warm ums Herz wurde. Sie waren wunderbar anzusehen; ihr Äußeres schillerte in vielen Rottönen bis zu einem tiefen Dunkelrot – herrlich. Die schöne Drachenfrau kam auf ihn zu und begrüßte ihn herzlich:

„Willkommen, Aganos aus dem Land der Trolle. Ich bin Ragundis. Nimm bei uns Platz und fühle dich wie zuhause."

Offenbar hatte Suryane die wichtigsten Informationen bereits weitergegeben, sodass Aganos sich still hinsetzen konnte. Der älteste Drache sprach ihn mit seiner tiefen, warmen Stimme an:

„Ich bin Ragun und begrüße dich herzlich. Schön, dass du zu uns gekommen bist. Sag, gibt es einen bestimmten Grund dafür?"

Einen Grund? Aganos antwortete wahrheitsgemäß:

„Ja, ich habe nach anderen Drachen gesucht, weil ich mich als einziger Drache weit und breit sehr allein gefühlt habe."

Ragun fragte weiter:

„Gab es keinen anderen Grund?"

Was wollte er nur immer mit dem Grund? War das so wichtig? Aganos fiel kein anderer ein und verneinte.

Die Ältesten begannen daraufhin leise miteinander zu sprechen, offenbar hatten sie eine andere Antwort erwartet. Einer der Drachen versuchte es noch einmal:

„Gab es jemand, der dir eine Botschaft mit auf den Weg gab?“

Jetzt erinnerte sich Aganos, fast hätte er es vergessen:

„Oh ja, Opa Olaf, aber er ist ein Mensch. Er sagte, wenn ich andere Feuerdrachen treffe, soll ich ihnen sagen, dass inzwischen auf der ganzen Welt Agnihotra durchgeführt wird und die Menschen sich über jeden Feuerdrachen freuen würden.“

Ein erleichtertes und freudiges Raunen ging durch die Runde und Aganos hörte, wie einer sagte:

„Ja, er ist der Bote. Welche Freude.“

Aganos verstand nicht, was sie meinten, und sah sie fragend an. Daraufhin begann Ragundis mit ihrer sanften Stimme zu erklären:

„Wir Feuerdrachen sind die Hüter des Feuers. Es gibt Feuer, die wir besänftigen können, wie das der Feuerberge; deshalb leben wir hier. Wir sind aber auch die Hüter der hilfreichen Feuerzeremonie. Einst wurde Agnihotra auf der ganzen Welt durchgeführt, aber im Lauf der Jahrtausende geriet es immer mehr in Vergessenheit. Wir Feuerdrachen zogen uns daraufhin einer nach dem anderen in die Feuerberge zurück. Eines Tages, so wussten wir, würde Agnihotra wiederbelebt werden und ein Bote würde zu uns finden, um uns diese freudige Nachricht zu übermitteln. Du bist dieser Bote!“

Ein Bote? Hüter der Feuerzeremonie? Aganos musste diese Neuigkeiten erst verarbeiten. Während er schweigend dasaß, beschlossen die Ältesten eine Versamm-

lung einzuberufen, um die frohe Botschaft an alle Drachen weitergeben zu können.

Bis es so weit war, kümmerte sich Suryane um Aganos und erklärte ihm, was er noch nicht verstand. Wie schön war es für ihn, sich mit einem anderen Drachen unterhalten zu können, noch dazu mit einem nahezu gleichaltrigen, so schönen und liebenswerten Wesen! Suryane sah auch ganz besonders aus. Ihr Bauch war viel heller als der von Aganos, fast gelb und auf der Stirn hatte sie einen ebenso gelben, runden Punkt. „Atemberaubend“, fand Aganos. Wenn er sie sah, war es, als würde die Sonne aufgehen.

Es stellte sich heraus, dass Suryane die Tochter von Ragun und Ragundis war. Die beiden waren die Ältesten im Rat der Feuerdrachen. Kein Wunder, dass Suryane ein besonderer Drache war.

Aganos und Suryane redeten und lachten und wie nebenbei zeigte sie ihm das gesamte Höhlensystem, das wirklich groß war. Eine Höhle fiel besonders auf, weil sie so riesig war. Dort sollte die Versammlung stattfinden. Es gab einen erhöhten Platz für die Ältesten und Aganos war an diesem Tag unter ihnen. Als sich der Raum füllte, staunte er sehr. Hunderte von Drachen versammelten sich und es schienen immer noch mehr zu werden.

Als Ruhe eingekehrt war, begann Ragun zu sprechen:

„Geliebte Drachen, Hüter der Feuer, heute ist ein Freudentag. Der lang erwartete Bote ist zu uns gekommen und hat uns die ersehnte Nachricht gebracht. Der Bote, Aganos aus dem Land der Trolle, wird sie euch jetzt mitteilen."

Ragun winkte Aganos vor, damit ihn alle sehen und hören konnten.

Damit hatte er nicht gerechnet. Er sollte vor all den vielen Drachen reden? Verlegen ging er einen Schritt vor und sah sich hilfesuchend um. Die Ältesten nickten ihm aufmunternd zu. Da blieb ihm nichts anderes übrig, als zu sprechen:

„Der Opa, also Olaf, also, er ist ein Mensch und zeigt anderen, wie man Agnihotra macht. Und er hat gesagt, wenn ich die Feuerdrachen finde, soll ich ihnen sagen,

dass inzwischen auf der ganzen Welt Menschen Agnihotra machen und sie sich über jeden Feuerdrachen freuen würden."

Das war sicherlich nicht die feurigste Rede von Aganos. Umso erstaunlicher war der Jubel, der danach ausbrach. Alle Drachen redeten durcheinander, riefen Hurra, lachten und freuten sich.

Nach einer Weile trat Ragun vor, die Stimmen verstummten und er begann eine ausführliche Rede:

„Ihr Lieben, die Zeit ist gekommen, in der ihr in eure Heimat zurückkehren werdet. Bevor es so weit ist, möchte ich euch das Geheimnis des kleinen Feuers Agnihotra in Erinnerung rufen, denn ihr seid dessen Hüter."

Er räusperte sich kurz und fügte hinzu:

„Dies wird eine längere Erklärung, falls ihr Fragen dazu habt, dann meldet euch bitte jeweils gleich."

Dann fuhr er mit seiner Rede fort:

„Als der Große Geist, Schöpfer aller Dinge, die Welt erschuf, sorgte er auch dafür, dass Mensch und Natur glücklich zusammenleben können. Nur fünf Wahrheiten sind es, die dazu nötig sind. Die Agnihotra-Zeremonie ist so aufgebaut, dass sie dieses Wissen enthält:

1. Agnihotra wird als Erstes am Tag und als Erstes vor der Nacht durchgeführt. Es ist das Feuer der Umwandlung – durch das Verbrennen wird selbst so etwas Einfaches wie Kuhdung in Licht und Wärme umgewandelt. Die erste Wahrheit besteht darin, dass wir uns zuerst an unseren Schöpfer wenden,

wenn wir etwas Neues beginnen. Dann wird selbst eine einfache Tat zu etwas Besonderem und es ruht Segen darauf."

Einer der Drachen unterbrach mit der Frage:

„Wie sollen wir das am besten machen, uns an den Schöpfer wenden?"

Der weise Drache erklärte:

„Nun, nehmen wir zum Beispiel eure baldige Reise. Bevor ihr startet, denkt zuerst an den Großen Geist, euren Schöpfer, an Gott – wie auch immer ihr es bezeichnen wollt. Sagt ihm innerlich, was ihr vorhabt, und bedankt euch für seinen Segen. Erst dann tretet die Reise an. Es ist eigentlich ganz einfach."

Nach diesen Worten sah er kurz in die Runde, ob noch weitere Fragen anstanden, und als er sah, dass dies nicht der Fall war, erklärte er die nächste Wahrheit:

„**2.** Während der Zeremonie wird eine kleine Gabe dem Feuer übergeben und die Worte ‚idam na mama' werden gesungen. Dies bedeutet sinngemäß: ‚Nichts gehört mir.' Wir kommen auf die Welt mit nichts und wir gehen mit nichts. Die zweite Wahrheit bedeutet: Gebt, teilt, schenkt! Dann ist genug für alle da."

Noch einmal sah der kluge Drache in die Runde, doch dieses Mal hatten es wohl alle verstanden. War ja eigentlich ganz einfach: Je mehr einer hat, desto weniger bleibt den anderen. Daher macht es Freude, wenn man teilt und sieht, wie alle genug haben.

Schon folgte die Erklärung der nächsten Wahrheit:

> „**3.** Für Agnihotra ist eine gewisse Disziplin nötig, denn es wird regelmäßig und zu ungewohnten Tageszeiten durchgeführt. Die dritte Wahrheit beinhaltet, dass wir erst durch etwas Disziplin und Überwindung die innere Stärke erhalten, um gut und glücklich durchs Leben zu gehen."

„Was meinst du mit Disziplin?",

fragte ein jüngerer Drache, der sich darunter nicht viel vorstellen konnte.

Ragun erklärte:

„Disziplin bedeutet, dass du etwas tust, was dir nicht so leicht fällt; zum Beispiel regelmäßig früh aufzustehen, obwohl du gern länger schlafen würdest. Oder eine Weile auf etwas zu verzichten, das du gern isst oder tust. Du musst dich überwinden, das zu tun. Zuerst fällt es schwer, aber nach einiger Zeit wird es immer leichter. Wenn man auf diese Weise übt, dann fällt einem irgendwann nichts mehr schwer und man kann immer fröhlich und voller Liebe bleiben, auch wenn manches anders läuft, als man es gerne hätte. Das ist die Disziplin, die gemeint ist."

„Danke, das probiere ich gerne aus",

antwortete der junge Drache und war gespannt auf die nächste Wahrheit.

„**4.** Mit dem Agnihotra tun wir der gesamten Umwelt viel Gutes, ohne dafür eine Gegenleistung zu verlangen. Die vierte Wahrheit beinhaltet: Tue Gutes und kümmere dich nicht darum, was du dafür erhältst.“

Da keine Fragen kamen, folgte nun die fünfte Wahrheit:

„**5.** Agnihotra wird zu den Tageszeiten der Stille durchgeführt und es fällt dabei leicht, in sich zu ruhen. Die fünfte Wahrheit beinhaltet, in der Stille zu sich selbst zu finden und damit dem Großen Geist näherzukommen.

Indem die Menschen Agnihotra durchführen, wird ihnen gleichzeitig der Weg zu den fünf Wahrheiten erleichtert. Dies ist der **Fünffache Pfad.** Das Licht des Feuers ist Sinnbild für das Licht der Liebe und der Wahrheit. Welche Freude, dass Agnihotra wieder durchgeführt wird!“

Die Drachenschar stimmte sogleich zu:

„Ja, welche Freude!“,

und ein Jubel ging durch die Reihen. Die Feuerdrachen freuten sich wirklich sehr.

Als später die Versammlung aufgelöst wurde, machten sie sich für die große Reise bereit. Jeder einzelne Drache trug das Wissen um das kleine Feuer Agnihotra und die darin verborgenen Wahrheiten in sich, konnte es unterstützen und jenen helfen, die es ausführten.

Zurück in die Heimat

Jeden Tag verließen nun Drachen die Feuerberge, um in ihre Heimat zurückzukehren. Für Aganos war das nicht nur erfreulich. Wie lange hatte er gebraucht, um die Drachen zu finden, und jetzt war er der Auslöser dafür, dass sie davonflogen.

Wenn er an Suryane dachte, dann wünschte er sich sehr, dass wenigstens sie bleiben würde. Mit bangen Gefühlen fragte er sie bei nächster Gelegenheit:

„Suryane, wo ist deine Heimat? Wirst auch du bald dorthin zurückkehren?"

Sie lächelte ihn sanft an, wie sie es so oft in letzter Zeit getan hatte, und erklärte ihm:

„Nicht alle Drachen kommen aus der Ferne. Es gibt auch Hüter der Feuerberge und meine Eltern gehören dazu. Meine Schwester und ich können bleiben oder auch die Feuerberge in anderen Ländern aufsuchen, um den Drachen dort die freudige Nachricht zu bringen."

Aganos schöpfte Hoffnung:

„Ist es euch auch möglich, ganz woandershin zu fliegen?“

„Warum nicht?“, bejahte Suryane.

Auch wenn Aganos sonst eher etwas schüchtern war, so wusste er, dass er jetzt mutig sein musste:

„Liebe Suryane, willst du mich begleiten? Willst du mit mir in das Land der Trolle fliegen? Ich wünsche mir nichts mehr als das!“

Aganos merkte, wie er puterrot im Gesicht wurde, und das will etwas heißen bei einem Drachen, der bereits rot ist. Doch entweder bemerkte sie es nicht oder sie tat so, als würde sie es nicht bemerken. Mit ihrem liebsten Lächeln antwortete sie ihm:

„Ich befürchtete schon, du würdest mich gar nicht fragen. Ja, ich will dich begleiten."

„Juhu!", entfuhr es da Aganos, „Ich bin der glücklichste Drache der Welt."

Vor lauter Freude entschlüpfte seinem Rachen eine Feuerflamme. Zum Glück war sie nicht groß und damit ungefährlich. Mit großer Liebe sah er Suryane in ihre schönen Augen und korrigierte sich:

„Wir werden gemeinsam die glücklichsten Drachen der Welt sein."

Und dann umarmten sie sich und wollten sich gar nicht mehr loslassen.

Ein paar Tage später traten sie mit dem Segen der Ältesten der Feuerdrachen die Reise an. Aganos kam jetzt die Strecke gar nicht mehr so weit vor. Das Meer überquerten sie schweigend, um Kräfte zu sparen. Doch kaum gelangten sie an die Küste, erklärte er seiner Begleiterin jede Kleinigkeit:

„Hier habe ich damals die letzte große Rast eingelegt; gleich geht es steil bergauf; bald kommen die großen Wälder …“, und so ging es die ganze Zeit.

Endlich kam der Moment, wo sie vor der Höhle landeten, in der Aganos aufgewachsen war:

„Das ist mein Heim, es soll nun unseres werden.“

Suryane war, was Höhlen anbelangt, sehr verwöhnt. Sie hatte noch nie eine so kleine und unscheinbare Höhle gesehen. Was brauchen Jungverliebte jedoch viel Platz? Man konnte es sich auch auf kleinem Raum gemütlich machen. Wie Frauen manchmal so sind, wollte sie sogleich mit dem Säubern und Herrichten beginnen. Aber Aganos bestand darauf, sie unbedingt zuerst seinen Freunden vorzustellen. Also flogen sie zum Dorf der Trolle. Erstaunt musste er feststellen, dass es nicht mehr vorhanden war. Was war nur geschehen?

Schnell flogen sie weiter zu den Menschen im Forsthaus. Hier hatte sich einiges verändert. Ein Garten war angelegt worden und Blumen und Bäume gepflanzt. In der Nähe grasten einige Kühe. Opa Olaf hielt sich gerade im Garten auf und hörte das Rauschen in der Luft. Wie glücklich war er, den Drachen zu sehen, und welche Freude, dass er in Begleitung kam. Es gab viel zu erzählen. Auf die Frage nach den Trollen sagte er:

„Normalerweise wollen Trolle mit uns Menschen ja nicht viel zu tun haben. Aber Agnihotra hat alles verändert – sie wollen immer dabei sein. Weil ihnen auf Dauer der Weg zu weit war, haben sie ihr Dorf jetzt in die Nähe verlegt. Seht nur, hier rechts den kleinen Hang hinauf, wo der Wald beginnt, dort ist es.“

Da nahm Aganos seine Suryane an der Hand und sie gingen zu Fuß den kurzen Hang hinauf. Sanna sah sie als Erstes und rief so, dass es alle hören konnten:

„Aganos, oh, Aganos ist wieder da!“

Und dann kam sie ihm eilig entgegen. Was war das für eine Freude! Ein Troll nach dem anderen kam und Aganos konnte seine Herzensdame Suryane vorstellen. Keiner der Trolle ließ es sich nehmen, persönlich seinen Namen zu nennen und sie willkommen zu heißen. Damit schlossen sie mit der schönen Drachendame sofort Freundschaft.

Ja und dann gab es ein großes Willkommensfest, das bei den Menschen gefeiert wurde. Olaf klärte seine Söh-

ne und ihre Frauen über den Grund der Feier auf und sie luden daraufhin viele Freunde ein.

Beim Fest wurde gemeinsam gelacht, sie sangen, tanzten und Olaf und Mats spielten zusammen auf ihren Trommeln. Auch für gutes Essen und Erfrischungen war gesorgt. Olafs Sohn Björn trug ein Lied vor, das vom kleinen Feuer handelt und erst vor Kurzem entstanden war. Es ist so schön, dass ihr es am Ende des Buches zum Nachsingen findet.

Sanna hatte zur Feier ein helles Kleid angezogen und ihr blondes, sonst wildes Haar mit einem Blumenkranz verziert. Sie sah wirklich zauberhaft aus. Mats vergaß sogar für kurze Zeit das Trommeln und tanzte mit ihr.

„Sind die aber drollig!“, war Suryane von den Trollen begeistert und setzte sich mit Aganos ans Lagerfeuer. Solange sie da waren, würde es sicher nicht ausgehen.

Auch wenn Suryane viel über die Hintergründe zum Agnihotra wusste, so hatte sie es noch nie in der Praxis gesehen. Für die Durchführung braucht es den Menschen. Daher kam es, dass sie später, als die Sonne unterging, zum ersten Mal die Feuerzeremonie miterlebte. Es war so bewegend für sie, dass ihr vor Ergriffenheit und Freude Tränen kamen.

Aganos legte zärtlich seinen Arm um sie:

„Von nun an werden wir es jeden Tag miterleben können."

„Die Ältesten hatten recht", sagte Suryane. „Agnihotra verändert die Menschen und alles Leben. Mir ist, als ob alles in Licht gebadet wird. Wie wunder-, wunderbar."

Zu der kleinen Siedlung am Forsthaus kamen immer mehr Besucher; das Licht des Feuers außen und innen war wie ein Magnet für alle Lebewesen. Weil die beiden Feuerdrachen dadurch immer mehr gefordert wurden, teilten sie ihre Verantwortung auf:

Suryane, die morgens stets früh munter war, wurde für das Agnihotra zu Sonnenaufgang zuständig.

Aganos, der abends gern lange aufblieb, erhielt die Verantwortung für das Agnihotra zu Sonnenuntergang.

Und so ist es geblieben.

Agnihotra

Kennt auch ihr jemand, der Agnihotra durchführt? Dann seht euch um, vielleicht könnt ihr einen Feuerdrachen erblicken. Da - in der Flamme - war das nicht einer, ein ganz kleiner? Flüstert er euch vielleicht sogar eine der fünf großen Wahrheiten zu?

Beim Agnihotra geht man mit offenem Feuer um. Deshalb führen es am besten eure Eltern durch und ihr seid dabei. Hier eine kurze Anleitung:

Agnihotra - die Durchführung

Für Agnihotra braucht ihr ein paar Gegenstände:

- eine Agnihotra-Schale
- getrockneten Kuhdung
- reines Butterfett (wird auch Ghee genannt, was man wie Gi ausspricht)
- Vollkornreis (Naturreis, ganze ungekochte Körner) und kleine Schale
- die Zeitentabelle für Sonnenaufgang und Sonnenuntergang für euren Ort
- eine genau gehende Uhr
- Streichhölzer (oder einen Feuerdrachen in der Nähe, aber verlasst euch besser nicht darauf)
- eine hitzebeständige Unterlage (z. B. Steinplatte oder Ziegelstein)

Dann sollte man das Lied für das Agnihotra auswendig singen können. Lieder wie diese nennt man Mantras. Das sind Worte und Klänge, durch die man mehr Energie erhält. Sie helfen, dass alles besser wird.

Hier könnt ihr sie so lesen, wie sie gesungen werden:

Agnihotra-Mantra zu Sonnenaufgang

Agnihotra-Mantra zu Sonnenuntergang

Ein Strich über den Buchstaben bedeutet, dass dieser lang gesungen wird; z. B. swā-hā = swaa-haa.

Agnihotra ist einfach durchzuführen und dauert nur etwa 10 Minuten.

Stellt zuerst die Agnihotra-Schale auf eine hitzebeständige Unterlage.

Bevor es losgeht, nehmt eine kleine Schale und vermischt darin etwas Vollkornreis und Butterfett. Dann bestreicht einige Stücke vom getrockneten Kuhdung dünn mit Butterfett. Wenn es flüssig ist, könnt ihr die Kuhdungstücke auch ganz kurz hineintauchen.

Etwa drei bis vier Minuten vor Sonnenauf- bzw. Sonnenuntergang beginnt man mit dem Feuermachen.

Legt unten in die Agnihotra-Schale ein oder mehrere kleine Kuhdungstückchen. Danach nehmt ein Kuhdungstück, das mit Butterfett bestrichen ist, und zündet es an. Es wird leicht schräg in die Agnihotra-Schale gelegt und ein oder mehrere Kuhdungstücke so darübergeschichtet, dass die Luft gut zirkulieren kann.

Zu Sonnenauf- bzw. Sonnenuntergang sollte das Feuer gut brennen. In der Zeitentabelle seht ihr, wann der Moment ist. Fangt genau da mit dem Singen des Agnihotra-Mantras an. Gebt jeweils nach dem Wort „swaha" eine Prise Reis vermischt mit Butterfett in die Flammen.

Bleibt beim Feuer mindestens so lange sitzen, bis es erloschen ist. Seid dabei ganz still, dann könnt ihr die Ruhe und die guten Wirkungen besser aufnehmen.

Agnihotra wird weltweit durchgeführt und verbreitet Licht und Segen für alles Leben. Auch die anfallende Asche wird zum Wohl von Mensch, Tier und Pflanze eingesetzt. Wenn ihr noch mehr darüber wissen wollt, dann gibt es weitere Bücher und Informationen unter:

www.agnihotra-online.com
www.homa-hof-shop.de

Hier erfahrt ihr auch, wie man Kuhdung trocknet, wie man Butterfett selbst herstellt, ihr erhaltet dort die Agnihotra-Schale, die Zeitentabelle und vieles mehr.

Die Internetseite gehört zu einem Bauernhof, auf dem Menschen Agnihotra durchführen und in ihrer Freizeit Gemüse anbauen. Man kann dort wunderbar sehen, wie gut das Feuer den Pflanzen tut, den Bienen, Insekten, Vögeln und natürlich auch den Menschen. Ihr könnt dort kostenlos alles lernen und beobachten, was mit Agnihotra zu tun hat. Die Anschrift ist:

Homa-Hof Heiligenberg
Oberhaslach 6
88633 Heiligenberg, Deutschland
Telefon Homa-Hof: 07552/938760
Telefon Shop: 07552/938754
E-Mail: info@homa-hof-heiligenberg.de

Vielen Dank, wenn ihr mit Agnihotra dabei helfen wollt, unsere Mutter Erde zu heilen, mit allem, was darauf lebt.

Ein kleines Feuer

Text und Melodie: Birgitt Heigl

Refrain

A D A
1. Ein klei - nes Feu-er an je - dem Mor - gen, es
2. Ein klei - nes Feu-er an je - dem A - bend, und
3. Ein klei - nes Feu-er, Agni - hotra man es nennt, man
4. Ein klei - nes Feu-er, es dauert gar nicht lang, zu
A E7
gibt dir Kraft und hilft dir bei dei - nen Sor - gen. Ein
du wirst ru - hig und dein Schlaf er - la - bend. Ein
zün - det's an und war - tet, bis es rich - tig brennt. Dann
Son - nen - auf - und zu Son - nen - un - ter - gang. Zwei -
A D A
klei - nes Feu - er vor Ta - ges - be - ginn,
klei - nes Feu - er vor je - der Nacht,
singt man ein Man - tra und gibt Reis hi - nein.
mal am Tag wird es ent - facht,
A E7 A
und dein Le - ben er - hält neu - en Sinn.
so war es wohl seit je - her ge - dacht.
So preist man Gott und ist nie mehr al - lein.
Rein - heit, Har - mo - nie und Frie - den es schafft.

Buchempfehlungen:

Das Abenteuer von Aganos ist noch nicht zu Ende. Bald geht es weiter mit

Aganos und Wayu Wirbelwind

Der kleine Fakir Namu und der Fünffache Pfad

Ein Buch nicht nur für Kinder über die praktische Anwendung des Fünffachen Pfades.

Agnihotra - Ursprung, Praxis und Anwendungen

... werden in diesem Buch im Detail erklärt und durch weltweite Erfahrungsberichte und Untersuchungen von Wissenschaftlern ergänzt - für eure Eltern.

Agnihotra sollte nur von Personen ausgeführt werden, die verantwortungsvoll mit Feuer umgehen können. Der Verlag und die Autorin übernehmen keinerlei Haftung für Unannehmlichkeiten oder Schäden, die sich aus der Praxis von Agnihotra ergeben.

ISBN 978-3-89316-031-0

1. Auflage 2020

Verlag des Homa-Hofs Heiligenberg e.V.
www.heigl-verlag.de

Text, Satz und Gesamtgestaltung: Birgitt Heigl
Illustrationen: Rebekka Maier
Gedruckt bei: Gugler Print, 3390 Melk, Österreich

Cradle to Cradle Certified™ Pureprint
innovated by gugler*
Gesund. Rückstandsfrei. Klimapositiv.
www.gugler.at
Umschlag und Bindung ausgenommen

greenprint* klimapositiv gedruckt